Les Trois Petits Cochons

Il était une fois trois petits cochons : Nouf-Nouf, Nif-Nif et Naf-Naf.
Un jour, ils décidèrent qu'ils étaient assez grands pour quitter la
maison familiale et construire leurs propres maisons.

Avant de partir, la maman leur donna deux conseils : toujours travailler très fort et ne jamais laisser entrer d'étrangers dans leur maison – et surtout pas le grand méchant loup !

Chacun des trois cochons avait un plan pour construire sa maison.
Ils découvrirent une clairière assez vaste pour qu'ils puissent ériger
les trois maisons côte à côte. Puis, ils passèrent le reste de la journée
à rassembler les matériaux dont ils allaient avoir besoin.

Nif-Nif était le plus paresseux des trois. Il n'aimait pas travailler et souhaitait terminer sa maison le plus vite possible. Il alla chercher de la paille dans un champ tout près et construisit sa maison en moins d'une journée !

Naf-Naf était un peu plus prévoyant. Il savait que la paille n'était pas résistante, alors il ramassa tous les morceaux de bois qu'il trouva dans la forêt et les lia ensemble. Sa maison était un peu plus solide que celle de Nif-Nif, et il la construisit en deux jours.

Nouf-Nouf, l'aîné des trois frères, redoubla d'efforts pour construire sa maison. Il alla chercher des briques et du plâtre et érigea les murs ainsi qu'une cheminée. Cela lui prit une semaine complète à la construire. Ses frères se moquèrent de lui.

— Quelle perte de temps ! dirent-ils. Tu aurais pu l'avoir terminée il y a bien longtemps !

Mais Nouf-Nouf aimait sa nouvelle maison et il savait que c'était la plus solide des trois.

Une fois les trois maisons terminées, les cochons purent les habiter. Nif-Nif et Naf-Naf passèrent leurs journées à s'amuser et à se prélasser. Quant à Nouf-Nouf, il continua à travailler sur sa maison. Il fabriqua également des meubles et fit des provisions de nourriture.

Pendant ce temps, les trois cochons ne se doutaient pas que le grand méchant loup les observait. C'était le même loup dont leur avait parlé leur mère ! Il avait faim et il espérait bien capturer les trois cochons.

— Je vais convaincre ces cochons de me laisser entrer dans leurs maisons… et je les mangerai ! dit-il dans un rire méchant.

Un matin, Nif-Nif entendit frapper sur sa porte. Il regarda
par la fenêtre et aperçut le grand méchant loup contre qui sa mère
l'avait mis en garde.

— Je ne te laisserai pas entrer ! Par les poils de mon petit menton,
dit sèchement le cochon.

Le loup avait très mauvais caractère et détestait qu'on le contredise.

— Alors je soufflerai si fort sur ta maison qu'elle s'envolera ! hurla le loup enragé.

Le loup souffla de toutes ses forces et détruisit la maison de paille.

Le petit cochon eut tout juste le temps d'aller se réfugier dans la maison de bois de son frère Naf-Naf.

— Le loup a détruit ma maison ! dit Nif-Nif en haletant. Il me poursuit !

Naf-Naf se dépêcha de verrouiller la porte.

Puis soudain, un coup retentit sur la porte de Naf-Naf.

— Laisse-moi entrer ! cria le loup.

— Non ! Par les poils de nos petits mentons ! protestèrent les cochons.

— Alors je soufflerai si fort sur ta maison qu'elle s'envolera ! grogna le loup.

Et c'est exactement ce qu'il fit.

Pris de panique, les deux cochons s'enfuirent chez leur frère Nouf-Nouf.

— À l'aide ! crièrent-ils. Le grand méchant loup est à nos trousses !

Ils racontèrent à Nouf-Nouf de quelle façon le loup s'y était pris pour détruire leurs maisons. Puis soudain, le loup frappa à la porte.

— Laisse-moi entrer ! répéta le loup, très en colère.

— Non ! Par les poils de mon petit menton ! répondit Nouf-Nouf.

— Alors je soufflerai si fort sur ta maison qu'elle s'envolera !

Le loup se mit à souffler. Il souffla et souffla. Mais la maison resta debout !

Furieux, le loup tenta de trouver une autre façon d'entrer dans la maison. En apercevant la cheminée sur le toit, il eut une idée ! Il décida de surprendre les cochons en se glissant par la cheminée. Il escalada le mur de briques et monta sur le toit.

Cependant, Nouf-Nouf entendit les pas du loup sur le toit.

— Il essaie d'entrer par la cheminée ! annonça Nouf-Nouf.

— Qu'allons-nous faire ? s'écrièrent Nif-Nif et Naf-Naf en chœur.

— Ne vous inquiétez pas, les rassura Nouf-Nouf. J'ai un plan.

Nouf-Nouf alluma un feu dans le foyer.

— À quoi ça sert d'allumer un feu ? demanda Naf-Naf.

— Tu verras ! répondit Nouf-Nouf.

Puis soudain, le grand méchant loup tomba dans le foyer, directement dans le feu.

— Ça t'apprendra à te glisser dans la cheminée des gens ! dit Nouf-Nouf.

Le loup hurla de douleur et sortit de la maison en courant. Les cochons se réjouirent et fermèrent la porte à double tour derrière lui.

Le loup se précipita dans la forêt, le feu au pantalon, et sauta dans la rivière. Il avait peut-être réussi à déjouer Nif-Nif et Naf-Naf, mais s'il avait cru pouvoir surprendre Nouf-Nouf, il s'était certainement trompé !

Nif-Nif et Naf-Naf eurent beau rire de la maison de briques de leur frère, ils comprirent vite cependant qu'il avait été le plus intelligent des trois.

— Accepterais-tu de nous aider à construire nos propres maisons de briques ? demanda Nif-Nif.

— J'accepte de vous aider à condition que vous me promettiez de travailler fort, dit Nouf-Nouf.

— Bien sûr, répondirent ses frères.

À partir de ce jour, les trois cochons s'appliquèrent dans tout ce qu'ils entreprirent. Ils n'entendirent plus jamais parler du loup, et ils vécurent heureux dans leurs nouvelles maisons en briques !